CHAPITRE XVI.

LA première année se passa bien. Ma bell
fille ne me donna aucun sujet essentiel
plainte, elle écoutoit avec assez de patien
les remontrances que je lui faisois, sur les i
conséquences auxquelles elle se livroit de tem
en tems; mais elle prit un tel ascendant s
l'esprit de son mari, qu'ellese crut tout po
sible. Elle employa aussi toutes sortes de moye
pour me gagner; elle mit en usage tour
tour, caresses, prévenances, bouderies, mau
vaise humeur, mais je sus résister à tout,
je restai maître dans ma maison.

Le dépit la gagna, lorsqu'elle s'apperç
ne pouvoir en venir à ses fins; elle mort
fioit dans toutes les occasions Chalabry, q
étoit la douceur même, & elle prit av
mes autres enfans un ton de hauteur &
domination qui mettoit à chaque instant
trouble dans mon ménage : elle n'y gag
pas: auparavant, j'allois au devant de f
besoins, & je satisfaisois ses fantaisies, au
promptement qu'il m'étoit possible; sa co
duitte me fit changer de manières, & el

RECUEIL

DE

POËSIES,

Par N. B. MONVEL, membre de la Société libre des Sciences, Lettres et Arts, et de plusieurs autres Sociétés littéraires.

DÉDIÉ

AU Cⁿ. CAMBACÉRES,

CONSUL DE LA RÉPUBLIQUE.

———

A PARIS,

Chez DESENNE, Libraire, Palais Egalité, n°. 2.

AN IX.

A U

Cn. CAMBACÉRÈS,

CONSUL DE LA RÉPUBLIQUE.

O TOI ! l'un des soutiens de notre république,
Si, lassé des détours qu'offre la politique,
Ton œil veut s'arrêter sur des objets nouveaux,
De ma Muse timide accueille les travaux.
Armé d'un vain calcul, je ne viens point prédire
Le succès, le déclin, la chute d'un Empire :
Au grand art de Colbert, par le malheur instruit,
De nos impôts nombreux assurer le produit :
Ou, prêtant à Thémis de trop faibles organes,
Des Rollet de nos jours dévoiler les chicanes.

a 2

Pour un vol si hardi je n'ai point tes secrets :
Et ma veine tarit sur ces graves sujets.

Soigneuse à disperser son immense héritage,
Nature entre ses fils combinant un partage,
Leur assigne à son gré des lots tous différens,
Et n'unit qu'à regret ses utiles présens.
Quelquefois pour un seul signalant sa puissance,
On la voit se complaire en sa magnificence :
Sur lui seul elle assemble et douceur et fierté,
Et sage prévoyance et courage indompté,
Cet instinct belliqueux qui force la victoire,
Cet esprit qui s'élève au-dessus de sa gloire,
Ce savant abandon qui peut tout hasarder,
Et la persévérance à qui tout doit céder.

Armé de tous ces dons : « Pars, mon fils, lui dit-elle,
« De tes concitoyens va servir la querelle,
» Et parcours en vainqueur mes différens climats.
» Que les flots mutinés n'arrétent point tes pas.
» Ta fortune avec toi marche sur le Bosphore ;
» Vas nourrir tes lauriers des larmes de l'aurore,
» Et que l'écho du Nil, par tes soins affranchi,
» Redise tes exploits d'Arcole et de Lodi.
» Mais qu'importe le Nil et sa rive lointaine ;
» Les destins te rendront aux besoins de la Seine.
» Un peuple, aux factieux depuis long-tems livré,
» Pour de plus sages lois est enfin préparé.

» Relève ses drapeaux qu'abandonnait la gloire ;
» Que ton nom soit pour lui le cri de la victoire,
» Et lorsqu'enfin la paix naîtra de tes travaux,
» Commande le bonheur au sein de tes égaux. »

Tel de tes favoris est l'immense avantage ;
O nature ! doué d'un aussi beau partage,
Un autre, aidé par elle en ses nobles efforts,
De la docte Minerve envahit les trésors.
Heureux, trois fois heureux, celui dont l'éloquence
Des esprits irrités dompte la violence.
Le passé, le présent et le vague avenir,
Sous ses yeux, à son gré, semblent se réunir.
La persuasion, douce et toute-puissante,
Découle, en flots de miel, de sa bouche savante.
Autour de sa tribune on ne verra jamais
Sourire à ses efforts l'ennemi de la paix ;
L'orateur factieux se tait en sa présence ;
La discorde et l'erreur craignent son influence,
Et le ressentiment, tout prêt à s'enflammer,
Aux accens de sa voix est prompt à se calmer.
Des lois, de la morale interprète fidèle,
Parlant à la raison et triomphant par elle,
Il doit à ses vertus un magique ascendant :
L'auditeur convaincu s'honore en lui cédant ;

a 3

Et l'esprit satisfait, que sa sagesse éclaire,

Semble d'un jour plus pur entrevoir la lumière.
Ainsi quand Thermidor, en sa plus vive ardeur,
De nos champs dépouillés fait monter la vapeur,
De ses sucs bienfaisans la terre est épuisée ;
Riche de leurs tributs, la nue est embrasée ;
L'éclatant météore étincelle en ses flancs,
Et va, d'un choc subit, troubler les élémens....
L'éther s'ouvre ; la pluie, en gouttes descendue,
Raffraîchit les sillons et désarme la nue ;
Se repose un instant au calice des fleurs,
Dans leur sein desséché laisse tomber ses pleurs,
Et bientôt retournant aux cieux qui l'ont formée,
Leur porte en s'exhalant une haleine embaumée.

Tel vous étiez, Consul, au sein de ce sénat,
Le sauveur et bientôt le tyran de l'Etat,
Alliage à la fois monstrueux et sublime
De grandeur, de vertus, de bassesse et de crime,
Dont l'effort courageux fonda la liberté,
Et qui nous fit haïr ce don ensanglanté.
Tel on vous vit, planant sur de vastes ruines,
Conjurer des partis les fureurs intestines,
Par de sages traités consolider nos droits,
Surprendre aux passions de salutaires lois ;
Des nombreuses prisons dépeupler les abymes,
Et jusque sous le fer délivrer des victimes.

Poursuivez, digne ami du plus digne guerrier ;
Marchez au même but par un autre sentier ,
Et couvert des rayons d'une paisible gloire ,
Rejoignez Bonaparte au temple de mémoire.
De vos travaux, des siens, constant admirateur,
Je n'ai point à rougir d'un vers adulateur.
Au faîte du pouvoir j'eusse attaqué le vice ;
J'y trouve les vertus et je leur rends justice.
Dans ses nobles projets par l'éloge affermi ,
Qui n'a point de flatteurs doit trouver un ami.
Peut-être, cependant , l'indigne calomnie
D'un espoir trop facile accuse mon génie;
Mais mon honneur au vôtre ôse se confier ,
Consuls ! Et c'est à vous de me justifier.
Des Trajans, des Titus, renouvellez l'histoire ;
Que le bonheur public soit garant de ma gloire;
De mes vils détracteurs confondez les desseins,
Et montrez-vous plus grands que je ne vous ai peints

LISMOR,

OU

LE VILLAGE ABANDONNÉ,

Imité de l'anglais, de GOLDSMITH.

LISMOR ! asile heureux de paix et d'innocence !
Où de faciles soins enfantaient l'abondance ,
Où l'hiver modérait ses tardives rigueurs :
Où germaient du Printemps les premières faveurs :
Sous les yeux inquiets d'une mère attendrie ,
Que de fois dans mes jeux j'ai foulé ta prairie !
Que de fois j'ai cherché le toit de ce berger,
Et franchi l'humble mur qui défend son verger !
Je connais de ce bois l'ombrage solitaire :
Je sais combien cette onde est vive et salutaire :
J'ai dormi quelquefois sur ce bord émaillé;
Et le bruit du moulin ne m'a pas éveillé.

» Alors j'embrasserai mes sœurs, mon jeune frère :
» Nous nous rassemblerons pour pleurer sur mon père ;
» Et lorsqu'enfin la mort rompra ce doux lien ,
» Auprès de son cercueil ils placeront le mien ».

Le glaive impitoyable a trompé ma vieillesse :
J'embrasse en gémissant les débris qu'il me laisse :
O vous, qu'à mes vieux jours dérobe un Dieu jaloux,
Qui me rendra les pleurs que je répands sur vous ?

Quel silence accablant éternise les heures ?
Le calme du tombeau pèse sur ces demeures.

Autrefois cependant, lorsque l'astre du jour
De ses derniers rayons éclairait ce séjour,
Un murmure confus animait les campagnes :
Par un cri prolongé, nos soigneuses compagnes
Du retour de la nuit instruisaient les hameaux ;
Les pâtres unissaient leurs rians chalumeaux :
Et bientôt , à ces sons, une foule docile
S'approchait à pas lents de son nocturne asile :
Les bêlantes brebis regagnaient leur bercail ;
Le coq impérieux rassemblait son sérail :
Un essaim pétulant, échappé de l'école ,
Prodiguait les éclats de sa gaité frivole ;
Et l'active indigence , avide de travaux,
Se livrait avec peine aux langueurs du repos.

Je vois encor l'enclos et la triste chaumière
Où l'étude assemblait l'enfance prisonnière.
Là, cloué sur un banc que le temps a détruit,
J'ai souvent appelé le retour de la nuit.
Comme du Magister la présence annoncée
Arrêtait tout à coup notre langue glacée !
Et comme, à point nommé, ses rigueurs du matin
Des désastres du soir portaient l'avis certain ;
Mais nous savions aussi, courtisans avant l'âge,
De ses vieux quolibets accueillir le présage ,
Et les encourager par nos ris complaisans ;
Car enfin le bonhomme avait ses jours plaisans.
J'ai trouvé quelquefois sa main un peu pesante :
Son œil était bien noir.... mais son ame excellente ;
Et de quelque rigueur, s'il crut devoir user,
C'est l'amour du savoir qu'il en faut accuser.

A ses rares talens tout rendait témoignage :
Ecriture, calcul, orthographe , arpentage ,
Plain-chant à livre ouvert.... Et l'on était certain
Qu'il avait, autrefois, entendu le latin.
Enfin dans la dispute, un torrent d'éloquence ,
Qui du fait le plus clair embrouillait l'évidence :
Un peu sourd , il est vrai ; mais des traits si brillans ,
Mais des mots si choisis , si nouveaux, si ronflans ...

L'adversaire assourdi perdait sens et mémoire :
Le vainqueur à son char enchaînait l'auditoire,
Qui ne concevait pas, lorsqu'il avait tout dit,
Comment on pouvait vivre avec autant d'esprit.

Se peut-il que le temps, jaloux de sa victoire,
Ait détruit jusqu'aux lieux illustrés par sa gloire ?
Il n'est plus, ce réduit à Bacchus consacré,
D'où l'on sortait toujours plus heureux qu'altéré ;
Où de nos villageois la sagesse profonde
Dérangeait leurs cerveaux en arrangeant le monde ;
Où l'hôte à ses chalands débitait, d'un air vain,
Des nouvelles, souvent, plus vieilles que son vin.

Hélas ! avec plaisir, mon active pensée
Rappelle de ces lieux la splendeur effacée.
Je vois encor ces murs, si fréquemment blanchis,
Et de nouveaux dessins tous les jours enrichis.
D'un marbre somptueux la table était ornée,
Les débris d'un miroir paraient la cheminée ;
Mais l'horloge, sur-tout, cette horloge à réveil,
Dont le bruit matinal triomphait du sommeil,
Et ce beau médaillon d'un Prince de Savoie,
Les règles du billard, le noble jeu de l'oie ;
Ce coffre à double emploi, dont l'habile ouvrier
Fit un lit pour le soir, pour le jour un damier !

Que reste-t-il, hélas ! de ce luxe champêtre ?
Des regrets, des débris et la cendre du maître.
Jamais on ne verra, dans ces paisibles lieux,
Un éclair de bonheur briller au malheureux :
Jamais l'enfant des monts n'y viendra sous les treilles,
Chatouiller de ses chants nos rustiques oreilles,
Et l'ardent forgeron, de travail épuisé,
N'y rafraîchira plus son palais embrâsé.
L'air, ému si long-temps par les cris de la joie,
Du plus morne silence est devenu la proie.

Mais, ô ciel ! près de moi, quel accent mal formé !
Ah ! s'il était encore quelque reste animé. . . .
Ecoutons... Vain espoir ! les routes sont muettes :
Le souffle de la vie a quitté ces retraites.

Et pourtant, sur les bords de ce ruisseau fangeux,
Quel spectre vient frapper mes regards douloureux
C'est une femme, hélas ! une veuve plaintive,
Recueillant les roseaux épars sur cette rive.
Elle a dans ces valons devancée le soleil,
Et retourne, à présent, étrangère au sommeil,
Cacher sous ces débris sa tête infortunée,
Et tremper de ses pleurs le pain de la journée.

Au pied de ce coteau, sur le bord du taillis,
Où l'œil distingue encore et la rose et le lys,

Restes presque étouffés d'un antique culture,
D'un toit plus élégant s'élevait la structure.
Là vécut, loin du vice, un paisible curé,
Respecté des méchans et des bons adoré.

Etranger aux périls qu'entraîne l'opulence,
Il était riche assez pour nourrir l'indigence :
C'était tout pour son cœur. A des soins plus brillans
L'ambition, peut-être, eût conduit ses talens ;
Mais un coupable orgueil n'égara point son zèle :
Au plus faible bercail, il est resté fidèle ;
Moins il en espérait, plus son cœur l'a chéri :

Son toit du pauvre errant était toujours l'abri ;
Il ne lui fermait point sa porte ni sa bourse ;
Et si de son malheur le vice était la source,
Il blamait son erreur et lui donnait du pain.

Mais la veuve timide et le faible orphelin
Trouvaient à son foyer une place honorable ;
Il tendait au vieillard une main secourable ;
Abandonné des siens, le soldat mutilé
de son toit protecteur n'était point exilé ;
Il pouvait longuement y compter ses services ;
Il pouvait y montrer d'illustres cicatrices ;
L'oreille complaisante écoutait ses récits,
Et l'œil de la pitié pleurait sur ses débris.
Ainsi ,

Ainsi le bon pasteur s'attachait à ses hôtes ;
En écoutant leur plainte, il oubliait leurs fautes,
Et prêtant une excuse au malheur mérité ,
Il donnait par tendresse et non par charité.

Son ame, cependant, pieuse autant qu'humaine
N'oubliait pas les soins qu'une autre vie entraîne.

Comme on voit la fauvette, au déclin du printems,
Encourager l'essor de ses faibles enfans ;
Elle quitte le nid , voltige , les appele,
S'éloigne un peu, revient et les prend sur son aile,
Les conduit quelque tems, puis, bravant le danger,
Leur dérobe , à la fin, son appui passager ;
Ainsi du bon curé la main sure et fidèle
Guidait les nourrissons confiés à son zèle ,
Et de leurs premiers pas fixant le cours douteux,
Il leur montrait la route, et marchait devant eux.

Cent fois, mes yeux l'ont vu braver la mort présente ;
Environner de soins la nature expirante ;
Auprès de l'innocent, esprit médiateur ,
Auprès du criminel , ange consolateur.
Sans aigrir des remords , désormais inutiles ,
Il tournait vers l'espoir la foi des cœurs dociles ;
Il parlait de clémence et non pas de rigueur ,
Et leur peignait le dieu qu'il portait dans son cœur.

Mais ses pleurs, accordés aux souffrances d'un frère,
Ne coulèrent jamais pour sa propre misère :
Des songes du présent il était réveillé,
Et l'avenir brillait à son œil désillé.

Tels ces monts dont la cime a franchi les nuages :
Leurs flancs où la tempête a marqué ses ravages,
Dans de sombres frimats sont cachés à jamais ;
Et la sérénité couronne leurs sommets.

Ah ! qu'il dût être affreux, ce jour où la licence
A ses toits ravagés arracha l'innocence ;
Ce jour, où du vainqueur les farouches décrets
Ont livré ma vieillesse à d'éternels regrets.
Je vois sur les chemins une foule égarée,
Arrosant de ses pleurs cette terre adorée,
Saluant ces vergers, ces eaux, ces bois connus,
Embrassant les tombeaux qu'elle ne verra plus.

Au désespoir des siens, ce vieillard trop sensible,
Voit ses propres revers d'un regard plus paisible:
Le signal de l'exil ne le fait pas trembler ;
La tombe est son pays... Qui peut l'en exiler ?

Cette fille ! quels mots pourront peindre ses peines ?
Elle a vu son amant chargé d'indignes chaînes:
Elle volait vers lui, prête à le secourir....
Il faut suivre son père, et se taire et mourir !

Plus loin, dans ses transports, une mère insensée,
Embrassant de ses fils la dépouille glacée,
Accuse son époux de lui cacher les pleurs,
Qu'il donne, en frémissant, à ses mâles douleurs.

Hélas ! Tous ont quitté cette plaine chérie ;
Moi, j'y viens adorer l'ombre de ma patrie.
Eh ! pourquoi transplanter un mourant arbrisseau,
Et chercher un cercueil si loin de mon berceau ?
Non, Lismor, j'ai puisé ta sève nourricière,
Et je veux à ta cendre allier ma poussière.

Tel un ramier constant s'enchaîne pour jamais
A l'orme consacré par de nombreux bienfaits ;
Ses antiques rameaux languissent sans feuillage,
Mais c'est lui qu'on aimait bien plus que son ombrage,
Et l'oiseau généreux, par le malheur lié,
Gémit et vient mourir sur ce tronc oublié.

———

C 2

BAYARD

ET

LA JEUNE BRESSANNE,

Nouvelle en vers.

HONNEUR et gloire au Courier d'Italie !
Par tout Français il doit être choyé ;
C'est du bonheur le fidèle envoyé,
Et de lauriers sa valise est remplie.
De ces remparts où le Tibre fangeux,
Traîne les flots de son onde avilie,
Jusqu'aux remparts où la Seine ennoblie,
Aime à rouler ses flots impérieux,
L'heureux Courier voit sa route embellie :
A flots pressés, un Peuple curieux
Devant ses pas s'étend et se replie ;
Et mille cris vont répéter aux cieux :
« Honneur et gloire au Courier d'Italie ! »

Graves Lecteurs! Peuple de souverains!
Vous partagez cette aimable folie.
Il faut, dit-on, prêcher suivant les Saints :
Un texte heureux vaut mieux que du génie ;
Et pour flatter votre douce manie,
Je veux, d'un pas, franchir les Apennins.

Quand ce Héros, dont le tremblant Arcole
Conservera l'immortel souvenir,
Tranquille encor au sein de l'avenir,
Ne troublait point la paix du Capitole,
Du nom romain les faibles héritiers,
Avaient déjà fléchi sous nos Guerriers :
Leurs bataillons, sur les bords de l'Adige,
Avaient laissé plus d'un sanglant vestige,
Et le Bressan, forcé dans son rempart,
Criait merci sous le fer de Bayard.

Le Vainqueur tombe au champ de la Victoire :
Un trait l'atteint dans les bras de la Gloire.
Chez une Veuve on le porte sanglant :
Et l'Amitié qui trouve cet asile,
Sans s'éblouir d'un espoir consolant,
Veut rendre au moins son dernier jour tranquille.

Long-tems, Bayard, l'impitoyable faux,
Sur ton chevet demeura suspendue ;

Long-tems la France, autour de ses drapeaux
Chercha le bras qui l'avait défendue.
De ton trépas la nouvelle épandue ,
Aux fiers Romains arracha ces tributs,
Ombre frivole , à la Vertu ravie ,
Tant qu'elle habite au séjour de la vie :
Gage tardif de regrets superflus ;
Hommage ingrat , prodigué par l'envie
Sur le tombeau d'un rival qui n'est plus.

Quel soin , Bayard , te rendit à la France ?
Qui t'a sauvé pour de nouveaux succès ?
O nom si cher ! aimable nom d'Ermance !
Si la Beauté répète ma romance ,
Tu passeras dans tous les cœurs français.

Oui , quand ta mère , à l'intérêt livrée ,
Comptant déjà les dépouilles de mort ,
Abandonnait aux caprices du sort
De ce héros , la cure inespérée ;
Toi seule , hélas ! sur son lit oublié ,
Laissas tomber un regard de pitié ;
Ta main pieuse offrit à sa blessure ,
Les végétaux dont s'aide la nature ;
Et lorsqu'enfin , la mort fut loin de lui,
Ses premiers pas ont trouvé ton appui.

Et cependant , sous le poids qui l'oppresse ,
Bayard déjà commence à respirer ;

Déjà son front semble se colorer :
Son cœur répond à la main qui le presse.
Son œil, long-tems éteint et desséché,
Dans son orbite enfin n'est plus caché ;
La voix revient sur ses lèvres palies ;
D'un sang nouveau ses veines sont remplies ;
De ses génoux l'infidelle ressort
Ne trahit plus un imprudent effort ;
Et la Nature, achevant son ouvrage,
Des jeux de Mars a réparé l'outrage.

Bientôt l'air pur d'un climat enchanté,
Et du printems l'influence nouvelle,
Et la Nature, à ses desseins fidelle,
Ont ranimé la secrète étincelle
De ce poison qu'on nomme volupté ;
Et mon Héros, des Héros le modèle,
Qui possédait valeur, fidélité,
Décence, honneur, solide piété,
Et cette foi qui jamais ne chancelle,
Tout enfin, tout, hormis la chasteté,
Succombe au feu dont la malignité
De veine en veine et fermente et ruisselle.

Certain Valet, plein d'astuce et de zèle,
En ce moment devenait un trésor.
Valets fripons valent leur pesant d'or.

Délivrez moi de ces gens ridicules,
Tous herissés d'honneur et de scrupules,
Que le vulgaire a nommés gens de bien ;
Si bonnes gens qu'ils ne sont bons à rien.
Luc était fait sur un autre modèle ;
Et du moment que Bayard à ses yeux
Eut fait briller ce métal précieux,
Qui rarement effarouche une belle,
Luc entendit, Luc prit, Luc travailla.

Payer l'amour ! ah ! qu'en dira l'histoire ?
Eh mon ami ! mon cher Bayard, voilà,
En moins de rien, comment on perd sa gloire.
Pardonnez-lui, scrupuleux auditoire.
Peut-être, aussi . le cœur parlait trop haut,
Bayard n'eut pas le tems d'être plus sage.
Payer l'amour ! quel trait d'apprentissage !
Preux Chevalier ! vous étiez en défaut.
Plus on le paye, hélas ! et moins il vaut.

Muni d'argent et sur-tout d'assurance,
Sans balancer, à la mère d'Ermance
Luc s'adressa. Des discours bien caffards,
De longs soupirs, de modestes regards,
Des voiles noirs qui toujours se rabaissent,
Luc, d'un coup-d'œil, a percé là-dessous :

On l'a bien dit, les fripons se connaissent.
O gens de bien ! quand vous connaîtrez-vous ?
Un premier mot ouvrit la confidence ;
Un second mot termina tout entre eux.
Le jour fut pris, et la perte d'Ermance
Devint l'objet d'un complot ténébreux.
Plus de repos pour cette infortunée :
Ordres, conseils, menaces, pleurs, soupirs,
Tableaux trompeurs de luxe et de plaisirs
Sont prodigués par la mère effrénée.
C'est par sa voix qu'Ermance dut chérir,
Que du forfait la route est désignée ;
C'est par sa main, qui dut la retenir,
Qu'au déshonneur la victime est traînée ;
Et du trépas la source empoisonnée,
Est dans le sein qui devait la nourrir.

Luc cependant, pour sa coupable fête,
N'a ménagé ni les soins, ni les frais.
Luc a du goût, si Luc n'est pas honnête.
La table est mise en un réduit bien frais,
Où le zéphir trouvant un libre accès,
Fait vaciller l'éclat de vingt bougies.
Là, d'un vin grec, les carafes rougies,
Vont à loisir, sur le glaçon fondant,
Se dépouiller d'un feu surabondant.

Sans négliger les bienfaits de l'Espagne ,
Un large sceau rafraîchit le Champagne ,
Nectar divin, qui fait d'un seul effort ,
Veiller l'amour et dormir le remord.

Mais le repas finit avant qu'Ermance,
Par un seul mot, ait rompu le silence ;

Enfin Bayard et l'objet de ses vœux ,
Sont restés seuls. Un peu de résistance
N'étonne point un héros amoureux ,
Et la pudeur qu'on oppose à ses feux ,
Ajoute encor à sa reconnoissance.
Mais sur un front tremblant, décoloré ,
Quand la vertu peint ses nobles alarmes ;
Lorsque notre œil, de plaisir ennivré ,
Rencontre un œil morne et désespéré ,
Qui veut pleurer et qui n'a plus de larmes ;
Si la nature, en formant notre sein ,
D'un limon vil n'a point souillé sa main ,
De la beauté nous oublions les charmes ;
De nos ardeurs, la plus forte moitié ,
Cède bientôt à de si fortes armes ;
L'amour alors se change en amitié ,
Et le désir devient tendre pitié.

Par un regard , Ermance encouragée ,
Retrouve enfin et la voix et les pleurs,

« Épargne-moi, dit la belle affligée,
» Dont l'œil humide atteste les douleurs ;
» N'écarte pas ma timide prière :
» Au nom du ciel, au nom de mon effroi,
» Bayard ! qu'au moins ma honte se diffère !
» Abandonnée au crime, à la misère,
» Je le sais trop, je ne suis plus à moi ;
» On m'a vendue, et je n'ai plus de mère.
» Eh bien ! Bayard, deviens mon défenseur ;
» Daigne aujourd'hui m'adopter pour ta sœur !
» Sois mon ami, sois mon guide et mon frère ;
» Rends-moi fidelle aux vœux de mon amant...
» Oui, mon amant ! J'aime et je suis aimée !
» Bayard ! conçois, dans cet affreux moment,
» Tous les transports de son ame alarmée.
» L'infortuné, déçu par mon serment,
» Il en mourra ! Moi, plaintive, éplorée,
» Loin de ma mère et de mon séducteur,
» De désespoir et d'amour dévorée,
» J'irai mourir sur sa tombe adorée,
» En accusant ta criminelle ardeur. »

Femme qui pleure est forte de ses larmes ;
Pour s'en défendre un Français n'a point d'armes.

Bayard écoute et son cœur est changé ;
C'est peu pour lui d'abjurer sa folie,

Il faut encor que l'honneur soit vengé ;
Il faut encor qu'un sacrifice expie
Les derniers pleurs de l'amour outragé.
Il fait venir et l'amant et la mère.
» Soyez heureux, dit-il à son rival ;
» Et que ce jour, à vos feux si contraire,
» Des plus beaux jours devienne le signal. »
Puis s'éloignant du jeune homme et d'Ermance,
Avec la mère il prend un ton moins doux.
» Jusqu'à quel point, dit-il, abusiez-vous
» De sa faiblesse et de votre puissance !
» Mais j'ai besoin moi-même d'indulgence,
» Et je n'ai pas le droit d'être en courroux.
» De ces amans pressons le mariage.
» Leur indigence a pu le retarder ;
» Mais Pédro plaît, et votre fille est sage,
» Les enrichir vaut mieux que vous gronder.
» Gardez le prix d'un pacte illégitime,
» Je n'en veux point reprendre la valeur ;
» Il est perdu, mais j'ai sauvé l'honneur ;
» C'est gagner tout que d'échapper au crime.
» Vous, mes amis, aimez-vous à jamais :
» Mille sequins seront votre partage ;
» Acceptez-les : laissez-moi l'avantage
» De réparer mes torts par mes bienfaits.
» Entre vos mains, Ermance, je promets

» A l'amour pur, un éternel hommage.
» Il ne vend point, il donne à qui lui plaît.
» Aimons, plaisons quand l'âge le permet ;
» Et lorsqu'enfin son funeste ravage
» Nous a privés de ce charme secret,
» Qui d'un bel œil attire le suffrage,
» Ne tentons point un sordide intérêt ;
» Au faible enfant souhaitons bon voyage ;
» Souvenons-nous du bien qu'il nous a fait,
» Jamais du mal ; et puis, plions bagage
» Sans résistance, et non pas sans regret. »

ROBERT,

POËME

En trois Parties.

ROBERT,

POEME EN TROIS PARTIES.

PREMIÈRE PARTIE.

LA PIÉTÉ FILIALE.

PARTI des bords féconds du nouvel hémisphère,
Un navire achevait son immense carrière :
L'horizon , si long-temps de vagues couronné,
Par un autre rivage étoit enfin borné :
Déjà le voyageur , de ces côtes lointaines,
Cherchait à discerner les formes incertaines ;
Déjà son œil, aidé par un art merveilleux ,
Reconnaissait des bords jadis aimés des cieux ;
Tristes bords ! où depuis la Loire épouvantée,
A rougi de ses eaux la plage ensanglantée.

Aussitôt le zéphyr expira dans les airs.
Mais quand son souffle éteint n'agitait plus les mers,

Par un dernier effort, la vague appesantie
Prolongeait du vaisseau la course rallentie :
Enfin, tout devint calme ; et Neptune, à regret,
De ses flots orgueilleux vit tomber le sommet.

Alors, le voyageur, qu'égarait l'allégresse,
En de plus doux transports convertit son ivresse.
L'espoir qui le charmait n'est point anéanti :
Son bonheur différé n'en est que mieux senti :
Que peut-il craindre ? Il voit la côte protectrice,
Le ciel pur, l'onde calme et la saison propice ;
Et les souffles du soir, à ses vœux complaisans,
Doivent avant la nuit le rendre à ses enfans.

Trompée ainsi que lui, jeune et tendre Cécile,
Tes regards contemplaient cette plaine immobile.
Les soins de ton époux, assidu près de toi,
Dissipaient tes ennuis et calmaient ton effroi.
Telle, en son nid d'Amour Philomèle captive,
Prête aux chants d'un époux son oreille attentive.

Tout-à-coup, le tillac retentit de clameurs.
Dorval prête l'oreille, et parmi ces rumeurs,
Il distingue le cri du faible qu'on opprime,
Et celui du méchant qui poursuit sa victime.

Il s'avance ; Cécile , implorant son appui ,
Se lève chancelante et marche auprès de lui.

Un mortel , dont l'aspect annonçait l'indigence ,
Souffrait des nautonniers la brutale insolence.
Dorval veut mettre un terme à leurs excès honteux.

« Arrêtez , disent-ils ; laissez ce malheureux ,
» D'un affront mérité , subir l'ignominie.
» Sa lâche avidité ne peut être impunie.
» Sa pâleur , ses lambeaux , son air humilié ,
» Sont des piéges trompeurs qu'il tend à la pitié;
» Montrez-vous moins sensible à sa fausse misère.
» Il pouvait, comme vous, pour un léger salaire,
» Partager du patron et l'asile et les soins ;
» Mais l'avare est en guerre avec tous ses besoins.
» Lui, qui jamais des flots n'acquit l'expérience,
» Qui de lutter contre eux ignore la science ,
» Pour sauver un peu d'or, il ose partager
» Un pénible travail à ses bras étranger.
» Ces alimens grossiers , ce pain noir et friable,
» Dont l'avide armateur surcharge notre table,
» Il renonce pour eux à vos mets délicats :
» Enfin, le croiriez-vous? de ces frugals repas,
» Il ôte à ses besoins la plus forte partie:
» Il vend au poids de l'or le soutien de sa vie :

» Oui, pour ce vil métal il ouvrirait son flanc.

» Robert, dis-nous le prix des gouttes de ton sang.

» Voilà quel est Robert. Connoissant mieux l'infame,

» Réprimez la pitié qui séduisoit votre ame.

» Livrez-le à nos mépris : et que puisse le ciel

» Amasser sur sa tête un opprobre éternel !

» L'avare est le rebut, le fléau de la terre :

» Qui se vole lui-même, épargne-t-ils on frère ?»

Et vous, reprit Dorval, objet de leur courroux,
Robert ! à tant de traits, parlez, qu'opposez-vous ?

» Mon ame, dit Robert, n'a point été blessée

» Par les vains jugemens d'une foule insensée.

» Sa haine, son amour ne sont rien à mes yeux.

» Mais l'estime du sage est un bien précieux.

» A la vôtre, Dorval, si Robert doit prétendre,

» Avant de le juger, vous daignerez l'entendre :

» Ecoutez-moi. Paris a vu mes premiers ans ;

» Mon berceau fut placé sous des toits indigens.

» Avec ma mère uni, l'auteur de ma naissance,

» A des soins journaliers devait sa subsistance.

» C'étoit assez pour lui. Je vis enfin le jour !

» Et l'aspect de l'enfant, si cher à son amour,

» Eveilla dans son cœur un désir de richesse.

» En voyant sous leurs yeux, s'élever ma jeunesse,

» Ces bons parens souffraient de condamner leur fils

» Au pénible travail qui les avait nourris.

» En de vastes projets , on engagea mon père :
» De sa longue industrie , il risqua le salaire.
» L'honneur le dirigeait , les destins l'ont trahi.
» Pour prix de ses efforts , obéré , poursuivi ,
» A ses durs créanciers , il livra leur victime.
» Ses malheurs, sa vertu, son dévouement sublime,
» Rien n'a pu les fléchir ; et mon père, bientôt,
» Aura langui sept ans dans un affreux cachot.

» Du travail de mes mains la ressource incertaine
» Jamais sous nos climats n'eût fait tomber sa chaîne.
» Dans un monde nouveau j'entrevis des secours.
» La douleur de ma mère avait tranché ses jours :
» Je fis valoir mes droits sur son faible héritage.
» De ces tristes débris arrachés au naufrage ,
» Le prix fut déposé dans de fidelles mains.
» Mon père leur devra des alimens plus sains ,
» Les vêtemens , les soins que réclame son âge.
» Je partis , et le ciel a béni mon voyage.

» D'un climat dévorant , j'ai bravé les ardeurs :
» A chacun des sillons que trempaient mes sueurs,
» Mes bras ont demandé la rançon de mon père :
» Enfin , après cinq ans de travaux , de misère ,
» Mon or, cent fois compté, cent fois insuffisant,
» Put satisfaire aux droits du créancier pressant.

c 3

» Oh ! qu'il me parut lent, le cours de chaque année.
» Que de fois, le matin allant à ma journée,
» Je me suis dit : Le jour dût commencer plutôt :
» Robert ! songe au vieillard qui pleure en son cachot.

» Possesseur de cet or, prix de sa délivrance,
» Mon œil impatient se tourna vers la France :
» Rien ne suspendit plus mon départ souhaité.
» Par un jour de retard mon trésor augmenté,
» M'eût obtenu, sans doute, un tranquille passage :
» Mon père, un jour de plus, eût souffert l'esclavage.
» J'abjurai sans regret l'espoir d'un vain repos :
» Au prix de mon travail, j'ai traversé les flots.
» Mais la Loire inconstante arrose cette plaine :
» Et mon père gémit sur les bords de la Seine :
» Jamais, de la pitié je n'invoquai l'appui :
» Comment, sans un peu d'or, arriver jusqu'à lui ?
» Pour ajouter au mien vendant ma nourriture,
» J'ai dompté mes besoins, j'ai trompé la nature.
» Ainsi, j'ai rassemblé quelques secours : enfin,
» Durant ce long voyage au moins j'aurai du pain :
» Et s'il faut, cependant, que ma bourse épuisée
» Me rende au dernier jour la route moins aisée,
» Je me dirai : « Robert ! ta peine va cesser :
» Marche, ton père attend : marche sans te lasser.

Vous connaissez, Dorval , mon excuse et mon crime.
» Du sort le plus cruel , mon père est la victime :
» L'or peut seul l'y soustraire ; et , dès-lors, à mes yeux,
» Cet or de tous les biens est le plus précieux.
» J'échange contre lui ma pénible industrie ,
» Le pain qui m'alimente , et s'il le faut , ma vie :
» Pour obtenir de l'or , j'épuiserais mon flanc :
» La rançon de mon père est le prix de mon sang
» Si , comme un vice affreux, vous voyez l'avarice,
» Dorval , haïssez-moi : mais si le ciel propice ,
» D'un père vertueux vous accorda l'appui,
» Au nom du saint amour , qui vous parle pour lui,
» Qu'un intérêt commun à moi vous réunisse ,
» Et tendez au malheur une main protectrice. »

Ainsi parla Robert. Dorval , en son esprit ,
Repasse les tableaux de ce simple recit.
Son œil mouillé de pleurs, se tourne vers Cécile.
Une larme tombait de son œil immobile.

Déjà , de ses tourmens , Robert récompensé,
Dans leurs bras réunis , est tendrement pressé.
Dorval , des nautonniers , réprime l'insolence ;
Et leur foule , à sa voix , se disperse en silence.

« Tu conduiras ton père au rivage Nantais ;
» Vous y viendrez , dit-il , jouir de mes bienfaits. »
Dans la main de Robert une bourse est glissée :
Sa fierté généreuse en est presque blessée ;

Il voudrait refuser ; Cécile, au même instant,
Oppose à son refus un regard suppliant.
Eh ! qui peut résister au regard de Cécile ?
Bientôt, il est conduit dans leur décent asile ;
Et c'est là, qu'entouré de leurs soins délicats,
Il partage avec eux un splendide repas.

Fin de la première Partie.

SECONDE PARTIE.

LE NAUFRAGE.

Cependant, du patron la prudence inquiète,
Arrache les marins de leur sombre retraite,
Et leur assigne à tous des postes différens.
Ceux que n'ont point encor appesanti les ans,
S'élancent ; et bientôt, suspendus au cordage,
Vont tenter sur la Vergue un dangereux passage;
D'autres, du cabestan fatiguant les ressorts,
Par des chants mesurés concertent leurs efforts.

Le navire s'ébranle et sa course est changée :
Vers de lointains climats la proue est dirigée :
Les nuages épais emportés dans les airs,
De leurs sombres couleurs obscurcissent les mers.
Le vent de l'occident, le front chargé de pluie,
Quitte les bords glacés de la triste Acadie.
Des faveurs de Neptune, il est fier aujourd'hui ;
L'Autan et l'Aquilon se taisent devant lui:
Il court en frémissant sur les liquides plaines.
Son souffle impétueux fait gémir les antennes ;
Et des voiles, bientôt les débris dispersés,
Au gré de ses fureurs, sur les eaux sont chassés.

Le pilote maudit sa vaine expérience ;
Et le ciel et les vents, plus forts que sa science,
La nef au gouvernail refuse d'obéir :
Elle court sur le roc qui doit l'anéantir :
Il le voit : il s'écrie. A son cri lamentable
Succède au même instant un bruit épouvantable.
Le navire se brise, et dans ses flancs ouverts,
Neptune avec plaisir verse ses flots amers.

Nautonniers malheureux, en butte à sa furie,
Reverrez-vous jamais votre douce patrie ?
Votre barque vous reste ; un si frêle recours
Pourra-t-il préserver vos misérables jours ?
Tous déjà sont passés dans ce dernier asile :
Dorval prend dans ses bras sa tremblante Cécile ;
Et veut s'associer à leur triste destin ;
Mais Robert à ses yeux est disparu soudain :
Comment l'abandonner ? Au risque de sa vie
Il s'arrête, il l'attend, il le cherche, il s'écrie ;
Sa voix pénètre en vain ces immenses débris.
Le murmure des vents répond seul à ses cris.

» Que fais-tu ? lui dit-on, la nef est surchargée,
» Et par ce nouveau poids peut être submergée ;
Eloignons-nous. Dorval, par l'amitié conduit,
Rapproche du vaisseau la barque qui s'enfuit.

Robert vient. Sous son bras, avec ardeur il presse
Un coffret, son espoir et sa seule richesse,
Du vaisseau naufragé pénétrant les détours,
Il vient de le sauver au péril de ses jours.
Déjà d'un pied timide il touche la nacelle ;
Une perfide main la repousse, il chancelle,
Il cherche à s'assurer ;.. le coffret précieux
S'échappe, et pour jamais s'abyme sous ses yeux.
« Mon père! ta rançon! ô mon malheureux père! »
Il dit ; et tout à coup, victime volontaire,
L'infortuné Robert s'élance dans les eaux,
Et leur dispute l'or conquis par ses travaux.

Dorval gémit en vain : la barque est entraînée :
Elle lutte un instant contre sa destinée :
Triste jouet de l'onde et des vents irrités,
Elle court au hasard sur les flots agités ;
Mais, tandis qu'en efforts le rameur se consume,
Une vague, levant son front blanchi d'écume,
Se roule pesamment vers l'esquif qui la fuit,
L'atteint, et de ses eaux l'accable et l'engloutit.

Au milieu du danger, courageux et tranquille,
Dorval entre ses bras reçoit alors Cécile,
La soutient d'une main, la conduit sur les eaux,
De l'autre, avec vigueur, lutte contre les flots.

Cependant par degrés l'occident se dégage,
Et d'un jour plus serein laisse voir le présage :
Les vents impétueux vont troubler d'autres mers,
Et leur bruyantes voix se perdent dans les airs.
Le nocturne zéphyr disperse les nuages,
Et Dorval, de la Loire aperçoit les rivages.

Quel intervalle, hélas, lui reste a parcourir !
Et sa force déjà commence à le trahir.
Seul, il pourrait franchir ce trajet difficile ;
Mais comment au trépas abandonner Cécile ?
Se sauver, aux dépens de son dernier soupir !
Non ! avec ce qu'on aime il faut vivre et mourir.

Ainsi près de l'Atlas ou dans la Numidie,
Quand de noirs Africains une bande hardie,
D'une lionne mère affronte la fureur,
Frappée à leur aspect d'épouvante et d'horreur,
Elle court vers son fils ; sa dent si meurtrière
Saisit sans le blesser sa naissante crinière ;
Et légère d'abord sous cet énorme poids,
Elle franchit les monts, les plaines et les bois :
Mais sa vigueur s'épuise, et déjà tout près d'elle,
Elle entend les clameurs de la horde cruelle :
Seule, elle peut encor fuir leur glaive vainqueur.
Mais les jours de son fils sont trop chers à son cœur.

Tant qu'il vit, c'est pour lui qu'elle connaît la crainte,
Et si d'un trait fatal, il a reçu l'atteinte,
Elle s'arrête, fond sur l'essaim dispersé,
Et meurt en déchirant le fer qui l'a percé.

Ainsi, Dorval, l'amour enflammait ton courage.
Soudain il aperçoit un débris du naufrage.
Il va pour le saisir ; mais un autre, avant lui,
Avait su s'emparer de ce flottant appui.
Il en voudrait au moins partager l'avantage :
« Gardez-vous, lui dit-on, d'un funeste partage,
» Ou si vous persistez, nous périssons tous trois.»

Cependant de Robert il reconnaît la voix ;
Et son cœur en secret se r'ouvre à l'espérance.

« O Robert, ce trésor sauvé par ma constance,
» Dans l'abyme avec lui va bientôt m'entraîner;
» Et plutôt y périr que de l'abandonner.
» Reçois-le ; auprès de vous je nagerai.. Prononce !

Un regard de Robert lui tient lieu de réponse :
Il nage, et lentement s'approchant du radeau,
Il confie à Robert son précieux fardeau.
La poutre enfonce alors d'un double poids chargée,
Et sous l'onde inquiète est presque submergée.

Robert prête à Cécile un appui bienfaisant :
Immobile et sans voix, d'un regard éloquent,
Cécile reconnaît son zèle secourable.
Cependant le zéphyr et le flot favorable,
Vers le bord désiré les porte avec lenteur,
Et Dorval, pour les suivre, épuise sa vigueur.
Bientôt son front pâlit ; une sueur glacée
En découle et se mêle à l'onde courroucée :
Sa tête s'affaiblit, et sur les flots émus,
Ses membres fatigués ne le soutiennent plus.

» Malheureux ! tu péris et voilà ta patrie,
» Dit, Robert ; ah ! reçois ton épouse chérie :
» Viens, partage avec elle un salutaire appui ;
» Mais mon père ! ô Dorval ! je t'implore pour lui :
» Il meurt dans un cachot ! termine sa misère ;
» Que ses fers soient brisés ; adieu ! songe à mon père ! »

Il dit, et disparaît dans l'abyme des eaux.
Dorval, pour le sauver, veut plonger sous les flots.
Cécile, sans appui, sur le radeau chancelle ;
L'onde déjà l'entraîne, il s'élance vers elle ;
L'horizon s'obscurcit de nuages épais :
Emporté malgré lui, le couple pour jamais
Abandonne les flots témoins du sacrifice.
Le vent souffle, et bientôt son haleine propice

Les dépose tous deux sur le sable argenté,
Dont la Loire embellit son rivage vanté.

Fin de la seconde Partie.

TROISIÈME PARTIE.

LE MONUMENT.

Trop heureux le mortel qui peut servir son frère !
C'est dans son propre cœur qu'il trouve son salaire.
Cependant, si le ciel, avare de ses soins,
Donnant à l'un la force, à l'autre les besoins,
Entoura de plaisirs l'heureuse bienfaisance,
Il en prépare aussi pour la reconnaissance.
Il est doux de rester sous le poids des bienfaits :
Un cœur reconnaissant ne s'acquitte jamais :
Il rend, lorsqu'il le peut, services pour services ;
Mais dans sa dépendance, il trouve des délices.
La mort n'affranchit point de ce joug enchanteur.
Si sa rapide faux menace un bienfaiteur,
Pour calmer nos regrets, songeons à ceux qu'il aime ;
Oui, ceux qu'il a chéris sont un autre lui-même.
Cherchons près de sa tombe, ou sa veuve ou ses sœurs ;
Ses enfans orphelins ou son vieux père en pleurs :
Unissons notre deuil à leur juste tristesse.
S'ils sont pauvres, nos biens deviendront leur richesse.

S'i

S'ils sont faibles, nos bras deviendront leur appui
Et sur-tout, chaque jour nous parlerons de lui.
Ainsi, pour ses parens, notre sainte constance,
De ce cher bienfaiteur doublera l'existence:
Ils reverront en nous le mortel qui n'est plus ;
C'est prolonger ses jours qu'imiter ses vertus.

Telle fut de vos cœurs la première pensée,
O Cécile ! ô Dorval ! quand la mer appaisée
De son humide sein vous rejeta tous deux,
Votre œil se détourna du toit de vos aïeux :
Sans donner un seul jour aux caresses d'un père,
Sans chercher dans ses bras le repos nécessaire,
De Robert, de ses vœux, sans relâche occupés,
Loin des riches sillons par la Loire trempés,
Vous cherchâtes les bords que la Seine féconde,
Et la cité fameuse où serpente son onde.

Du Vieillard vénérable, ils trouvent la prison.
Leur or est prodigué pour payer sa rançon.
A l'auteur de leurs jours, présenté comme un frère,
Sur le sort de son fils par degrés on l'éclaire ;
Et Cécile et Dorval, par leur soin assidu,
Remplacent près de lui l'enfant qu'il a perdu.

Par les derniers tributs de ses ondes tranquilles,
La Loire enrichissait les campagnes fertiles,

Où ces simples mortels, unissant leurs regrets,
Vivaient dans l'amitié , l'abondance et la paix.
Près de leur toit modeste une colline aride
Dominait la campagne et la plaine liquide.
De ce tertre élevé, l'on découvre le bord
Qui reçut les époux échappés à la mort.
Plus loin, l'on aperçoit la mer toujours fougueuse ,
Couronner les écueils d'une vague écumeuse :
Et cet endroit , marqué par le courroux des flots,
C'est l'endroit où Robert s'est plongé dans les eaux

Un pin , quelques cyprès , enfans de la nature ,
De ces incultes lieux composaient la parure.
Bientôt le sol ingrat qui les avait nourris ,
Fut caché par Dorval sous des gazons fleuris.
A l'ombre des cyprès une tombe placée,
Par de rustiques mains sous ses yeux fut dressée :
L'art n'embellissait point ce simple monument :
Un seul marbre en formait le modeste ornement :
On y grava ces mots : « Volontaire victime ,
» Pour son père et pour nous Robert voulut périr :
» Ses débris sont cachés dans cet avare abyme :
» Il ne nous a laissé qu'un tendre souvenir. »

Là , lorsque de ses dons la campagne est ornée ,
Et marque au laboureur le milieu de l'année ,

La famille , assemblée autour du monument,
Contemplait les écueils , le terrible élément,
Par de touchans récits rappelaient ses alarmes ,
Et couvraient cette tombe et de fleurs et de larmes·

Trois fois , ce jour de deuil , par ses tristes apprêts,
Avait livré leur ame à de nouveaux regrets :
Le soleil achevait sa plus vaste carrière ,
Et préparait pour eux une autre anniversaire.
Auprès des deux Vieillards , les époux affligés ,
Suivant l'ordre établi , s'étaient déjà rangés.
Deux fruits de leur hymen, douce et frêle espérance,
L'un sur l'autre appuyés les suivaient en silence.
Dès que leur jeune bouche apprît à s'énoncer ,
C'est le nom de Robert qu'on leur fit prononcer.
Des récits inspirés par la reconnnaissance ,
Souvent de ses bienfaits ont instruit leur enfance.
Pour la première fois conduits au monument ,
Vers ce morne séjour ils marchent gravement.
La mort, l'affreuse mort est loin de leur pensée ;
Mais leur mère se tait ; sa démarche affaissée
Dévoile à leurs regards les chagrins de son cœur ;
Et leur triste maintien imite sa douleur.

Par leurs fréquens retards, la marche suspendue ,
Sur le penchant du tertre à peine est parvenue,

Que déjà le soleil s'est caché sous les flots.
Mais l'astre qui préside aux heures du repos,
Dépassant tout-à-coup la cime des montagnes,
De ses feux argentés fait briller les campagnes.
Le zéphyr ride seul la surface des eaux,
Et tous les autres vents, haïs des matelots,
Sommeillent, enchaînés dans leurs grottes profondes.
« Ah ! lorsque nous voguions sur ces perfides ondes,
» Si ce même zéphyr eût calmé leur courroux,
» Robert que nous pleurons seroit auprès de nous. »

Ainsi parlait Dorval: son épouse troublée,
Le suit en soupirant auprès du Mausolée.
Sur la pierre funebre, un homme était penché:
Dans l'ombre des cyprès son front était caché ;
Mais l'astre de la nuit perce leur noir feuillage,
Et d'un rayon mobile éclaire son visage:
Il baigne de ses pleurs ce pieux monument.
Cet homme, c'est Robert ! un premier mouvement
Fait fuir près de Dorval Cécile épouvantée ;
Mais enfin, par l'espoir, par le doute agitée,
Elle approche en tremblant, son époux suit ses pas,
Et leur libérateur est pressé dans leurs bras.

Bientôt les deux vieillards disputant de tendresses,
Prodiguent à Robert leurs touchantes caresses;

Et déjà les enfans, pressés autour de lui,
Osent sur ses genoux partager un appui.
Des transports de son cœur chacun devient le maître.
Robert est entouré ; l'on brûle de connaître
Quel secours imprévu lui conserva le jour,
Et quel miracle enfin le rend à leur amour.

« A peine, leur dit-il, m'élançant dans l'abyme,
» J'avais à l'océan présenté sa victime,
» Qu'un effort naturel, contraire à mon dessein,
» Vers la clarté des cieux m'a ramené soudain.
» Je me débats sans art ; ma vigueur épuisée
» Abandonnait à l'onde une victoire aisée ;
» Mes esprits égarés, de leur propre tourment
» Déjà ne gardaient plus qu'un obscur sentiment :
» Je cessais d'exister : une main secourable
» Me saisit et m'enlève à mon sort déplorable.
« Aux flots qui m'entouraient tout-à-coup arraché,
» Au milieu d'un esquif je me sentis couché.

» Ce passage soudain du trépas à la vie,
» Porta le dernier coup à mon ame affaiblie.
» La force abandonna mes membres languissans :
» L'art prodigua pour moi ses secours bienfaisans ;
» Mais déjà le soleil avait fui cette plage,
» Lorsqu'enfin de mes sens je recouvrai l'usage.

d 3

» Un vaisseau dirigé dans les bords africains,
» M'entraînait avec lui dans ces climats lointains.
» Vainement au patron j'adressai ma prière ;
» Rendez-moi, lui disais-je, aux besoins de mon père.
» Si l'on ne peut pour moi détourner le vaisseau,
» Donnez-moi cet esquif, le plus frêle radeau :
» Dieu voit mon pauvre père et sa longue souffrance :
» Dieu me dirigera vers les bords de la France.

» Il fallut de mon sort supporter la rigueur.
» Cependant un espoir encourageait mon cœur.
» Oui, me disais-je, l'onde était déjà tranquille ;
» Le ciel a protégé Dorval et sa Cécile ;
» S'ils vivent, c'est assez. Ces généreux amis
» Prendront soin du dépôt que je leur ai commis.

» Ainsi quatre ans entiers j'ai vécu d'espérance.
» Celui dont la sagesse éprouvait ma constance,
» D'un regard paternel a béni mes travaux ;
» Et lorsque maître enfin de mes trésors nouveaux,
» Je voulus à mon père en apporter l'hommage,
» Sur ma tête effrayée il a calmé l'orage ;
» A l'océan fougueux il a dicté sa loi,
» Et j'ai franchi les flots applanis devant moi.

» Enfin, j'ai pu revoir les rivages de France ;
» J'ai volé vers Paris. Dans son enceinte immense,

» J'ai cherché sans retard ces redoutables tours,
» Où mon père a passé tant de malheureux jours.
» Là, j'appris vos bienfaits, sa noble délivrance.
» Appelé dans vos bras par ma reconnaissance,
» Le destin m'a conduit vers ce lieu retiré,
» Qu'un pieux souvenir vous a rendu sacré.
» Ce marbre a conservé la trace de vos larmes :
» J'y dépose à jamais le poids de mes alarmes.
» Le ciel nous réunit : serrons des nœuds si doux,
» Et que le trépas seul me sépare de vous.
» Si je dois le premier subir sa loi cruelle,
» Cachez sous ce tombeau ma dépouille mortelle.
» Quand du jour le plus long les feux seront passés,
» Venez gémir encor sur mes débris glacés :
» Mon corps sommeillera dans cette étroite enceinte :
» Mais des restes plus purs entendront votre plainte.
» Le sentiment survit à l'homme qui n'est plus :
» De généreux regrets ne sont jamais perdus :
» Nous jouissons des pleurs de l'amitié fidèle ;
» Et toujours sous la cendre il reste une étincelle. »

AGATHE,

OU

LA MALÉDICTION PATERNELLE.

Le ciel avait caché ses nocturnes flambeaux ;
De mortelles vapeurs planaient sur les coteaux ;
L'aquillon sur son aîle apportait le ravage ;
Marquant de leurs débris son funeste passage,
Le pin, roi des forêts, le chêne tortueux,
Courbaient, en gémissant, leurs fronts majestueux :
Et si, pour un moment, plus calme dans nos plaines,
Il portait ses fureurs sur des plages lointaines,
Le sinistre hibou, sortant de ses tombeaux,
Semblait d'un cri lugubre accuser son repos.

Alors, par un perfide, Agathe repoussée,
Traînait vers le hameau sa démarche affaissée.
Son cœur novice encor s'enflamma pour Valcour.
Pour lui de ses parens, elle trompa l'amour :

Pour lui de ses égaux, elle abjura l'estime :
Son erreur à ses yeux rendit tout légitime :
Et nature, et devoir, et bonheur, et vertu,
Tout fut abandonné, tout trahi, tout perdu.
Et quel retour obtint cette flamme insensée ?
Elle adorait Valcour, et Valcour l'a chassée !

Elle fuit maintenant, et ses pas éperdus,
Parcourent sans espoir des sentiers méconnus ;
Ces bois, où dès l'enfance elle a suivi sa mère,
Elle ne connaît plus leur ombre salutaire ;
Les voiles de la nuit changent tout à ses yeux ;
Elle n'aperçoit point le toit de ses ayeux ;
Et, même en les foulant, elle demande encore
Ces prés, où sa jeunesse a devancé l'aurore.

Par les vents, tout-à-coup, un nuage emporté,
Rend à l'astre des nuits un moment de clarté.
Agathe voit le chaume où dût finir sa vie,
Avant qu'à ses devoirs un ingrat l'eût ravie :
Elle entend le ruisseau, dont les flots caressans,
Jadis ont embrassé ses charmes innocens :
Ce sentier, qu'au hasard foulait son pied timide,
Vers le toit paternel, lui sert enfin de guide ;
Et c'est là qu'elle espère, au sein de la vertu,
Déposer les remords de son cœur combattu.

A peine de ce chaume elle touche l'entrée,
Agathe sent d'horreur son ame pénétrée.
« Objets d'amour, dit-elle, et plus encor d'effroi!
» O mes parens! vos bras s'ouvriront-ils pour moi?
Elle écoute... soudain, son oreille charmée,
A reconnu l'accent d'une voix bien aimée.....
C'e t sa mère!... Elle attend et se flatte en secret
De saisir dans un mot sa grâce ou son arrêt.

Auprès de son époux Gertrude étoit placée.
Agathe, sans relâche, occupe leur pensée ;
Et tous deux , méditant ce fatal souvenir ,
Par de muets regards sembloient s'entretenir.
Gertrude rompt enfin ce pénible silence,

« Peut être en ce moment, du sein de l'opulence,
» Dit-elle, Agathe insulte à nos humbles destins.

» Qu'importent ses grandeurs, qu'importent ses dédains,
» Lui répond le vieillard ; que l'ingrate en jouisse.
» Pour finir son triomphe, il suffit d'un caprice:
» A de nouveaux amours, son séducteur livré ,
» Repoussera les vœux de son cœur enivré.
» Cet or, ces diamans que l'orgueilleuse étale,
» Il faudra les céder au front d'une rivale ;
» Il faudra lui céder ces lambris somptueux,
» Préférés lâchement au toit de nos ayeux ;

» Et peut-être d'opprobre et de rebuts chargée,
» Traînant jusqu'en ces lieux sa misère outragée,
» Vous entendrez Agathe errante en nos forêts ,
» Fatiguer leurs échos de ses honteux regrets. »

—Ah ! qu'elle vienne alors notre enfant égarée:
» Si d'un vrai repentir son ame est déchirée ,
» Qu'elle apporte à nos pieds ses remords , ses douleurs;
» Nous oublierons sa faute, en essuyant ses pleurs. »
Qui peut à ces accens méconnoître une mère ?
« O ciel, dit le vieillard, dans la même chaumière
» Le vice et la vertu pourraient-ils vivre unis ?»
— Songez à votre sang dans ses veines transmis.
— Qui m'a déshonoré n'est plus de ma famille ;
Agathe est notre honte. — Agathe est notre fille.

« — Ah ! ne rappelle plus les nœuds qu'elle a brisés ,
» Gertrude! souviens-toi de nos droits méprisés:
» Souviens de ce jour de terreur et d'allarmes ,
» Qui dévoila sa fuite et commença nos larmes.
» Attendri par tes pleurs , par tes cris effrayé ,
» De mes soixante hivers le poids fut oublié.
» Je courus, je voulais , appelant la perfide ,
» Du char qui l'emportait suivre l'élan rapide.
» Inutiles transports ! et l'horizon poudreux,
» De son voile bientôt couvrit tout à mes yeux,

(60)

» Mais lorsqu'enfin la nuit vint obscurcir la plaine,
» Dans ses foyers nouveaux j'atteignis l'inhumaine.
» D'un moment d'entretient j'implorai la faveur.
» Hélas! en te nommant, j'esperais dans son cœur
» Réveiller des vertus le germe salutaire :
» L'ingrate avec orgueil a rejeté son père ;
» Et d'insolens valets, par son ordre enhardis,
» Ont prodigué l'insulte à mes cheveux blanchis.

» Tant que brilla des nuits la paisible courrière,
» Je restai sur le seuil ; ma constante prière
» S'efforça vainement d'épuiser leur mépris ;
» L'écho répondit seul à mes lugubres cris.
» Mais quand l'ombre doubla ses épaisseurs funèbres,
» Seul avec mes ennuis dans l'horreur des ténèbres,
» Je séchai de vains pleurs , et le ressentiment
» De ma bouche indignée arracha ce serment:
» Dieu, témoin de ma peine et de leur insolence,
» Dis-je, Agathe à ma voix refuse sa présence:
» Eh bien! j'en jure ici par mes pleurs superflus,
» L'enfant qui m'a chassé, ne me reverra plus.
» Aux plus affreux malheurs que ta colère envoie,
» Quand mon œil paternel verrait Agathe en proie;
» Quand l'ingrate, courbant son front humilié,
» Mendîrait sous mes yeux le pain de la pitié:

» Aux pleurs de l'indigent cette porte docile,
» A ses cris douloureux n'ouvrira point d'asile :
» Et je répéterai, fidèle à mon serment,
» Qu'elle meure, maudite à son dernier moment ».

Ce mot fut ton arrêt, Agathe ! en vain ta mère
Conjura des sermens dictés par la colère ;
En vain sa voix unie à la voix d'un époux,
Jusqu'au Ciel irrité porta des vœux plus doux :
Leur pardon ne frappait qu'une oreille glacée.
Sur la terre déjà, sans force renversée,
Insensible à l'espoir, insensible à l'effroi,
A peine la douleur existe encor pour toi.

Cependant l'aquilon mugit dans les montagnes :
De neigeux ouragans blanchissent les campagnes :
Et le triste cyprès, de frimats hérissé,
Crie et succombe enfin sous leurs poids fracassé.
Déjà plus sourdement les ondes retentissent ;
Leurs flots inanimés l'un à l'autre s'unissent ;
Et le torrent fougueux, dans sa course arrêté,
S'enchaîne avec le roc par lui-même apporté.

Agathe, sans abri sur la pierre étendue,
Par d'horribles tourmens, à la vie est rendue.
Les vents impétueux, la rigueur des frimats,
Portent jusqu'à son cœur les glaces du trépas :

Elle en ressent déjà l'atteinte redoutée ;
Par l'effroi de la mort son ame est agitée :
Le plus infortuné la demande et la craint :
Agathe s'abandonne à cet aveugle instinct ;
Elle aperçoit encor, au fond de la chaumière,
Du foyer presque éteint la mourante lumière :
L'espoir de vivre alors ranime ses esprits ;
Rejetant les glaçons de ces membres roidis,
Elle se traîne, étend une main affaiblie,
Et touche enfin l'asile où l'attendait la vie....
L'inexorable arrêt contre elle prononcé,
Au souvenir d'Agathe est soudain retracé :
Son œil épouvanté lui représente un père,
Qui repousse l'objet proscrit par sa colère :
Il est là... sur le seuil, et d'un bras menaçant,
Il s'apprête à frapper sa malheureuse enfant.
Elle tombe à genoux ; ses mains pâles, tremblantes,
Vers ce spectre idéal, s'élèvent suppliantes :
Elle veut lui parler... vain effort ! et ses mots
S'exhalent en soupirs brisés par des sanglots.

Ainsi tous les tourmens d'une ame déchirée,
Ainsi des noirs frimats, la rigueur conjurée,
Sur la triste victime épuisent leurs efforts,
Et de son existence ont brisé les ressorts.

Déjà l'aube épanchait ses lueurs incertaines
Sur le sommet blanchi des montagnes prochaines;
Le vieillard sommeillait; des soupirs, des sanglots,
Décèlent les chagrins qui troublent son repos.
Son œil mouillé de pleurs, sa voix sourde et plaintive
Instruisent de sa peine une épouse attentive :
Elle interrompt le cours d'un sommeil douloureux.

« Gertrude! je l'ai vue; elle était en ces lieux ,
» Dit-il, à mes regards Agathe s'est montré ;
» Tant qu'a duré la nuit, repentante , éplorée,
» Ma fille , mon Agathe embrassait mes genoux.
» D'abord, mon front s'armait d'un sinistre courroux:
» Ma voix lui reprochait sa fuite et nos alarmes :
» Mais lorsque ta pitié lui prêta quelques larmes,
» Je pleurai, je cédai, j'embrassai mon enfant ;
» Et le dieu qui pardonne oublia mon serment. »

Il dit : puis , essuyant son humide paupière ,
Il s'apprête à quitter son chaume solitaire.
Il sort... Sur les rochers , spectacle douloureux !
Une femme étendue alors frappe ses yeux.
« Expirante ! dit-il , si près de ma chaumière !
» Expirante ! et ton cœur, déplorable étrangère !
» Ton cœur , déjà glacé , ne t'a point averti
» Qu'ici l'infortuné rencontrait un ami. »

Il s'approche, il soulève, il connaît la victime.
« Ma fille! Malheureux ! son trépas est mon crime.
» O serment détestable ! » A ses cris languissans,
Gertrude vient mêler ses douloureux accens.
C'est son Agathe, hélas ! C'est sa fille chérie !
L'espoir de ses vieux jours, l'enfant qu'elle a nourrie !

Alors ces deux époux l'arrachent aux frimats,
La baignent de leurs pleurs, la portent dans leurs bras;
Et leurs soins ranimant un brâsier salutaire,
Agathe enfin respire : elle aperçoit son père ;
Un délire mortel qui trouble ses esprits,
Le rend méconnaissable à ses yeux affaiblis.

« O qui que vous soyez, portez-moi, lui dit-elle,
» Sur le seuil glaciel où le trépas m'appelle.
» Ignorez-vous l'arrêt qu'Agathe y doit subir ?
» C'est là que j'ai souffert, là qu'il me faut souffrir.
» O mon père, est-ce vous? Vois-je couler vos larmes?
» Ma mère ! suis-je encor l'objet de vos alarmes?
» Il est donc rétracté, ce terrible serment ?
» O Clémence ! ô mon père ! à son dernier moment,
» Regardez votre fille avec moins de tendresse :
» Il faut mourir, hélas ! et ce jour que je laisse,
» Ce jour dont les rayons me semblaient odieux,
» A l'aspect de vos pleurs, me devient précieux.
                                        » Si

» Si vous m'aimez encor, je dois aimer la vie. »

Grand dieu! par un seul coup et rendue et ravie,
Dit Gertrude; ô ma fille! ô jour cent fois affreux!
Le ciel, dit le vieillard, exaucera nos vœux :
Tu vivras, chère Agathe, un avenir prospère...

«J'ai vécu, je le sens; approchez-vous, mon père.
» Ma mère, embrassez-moi : toi que je dus haïr!
» Toi pour qui j'ai souffert, pour qui je vais mourir!
» Valcour! cruel Valcour! contemple ton ouvrage !
» Ne crains pas, cependant, quelque soit ton outrage,
» Que par mes derniers cris un vengeur soit armé:
» Je ne maudirai pas ce que j'ai tant aimé :
» Puisse la main céleste, à jamais suspendue,
» Oublier dans ses coups l'ingrat qui m'a perdue!
» Un jour, on t'apprendra mon sort infortuné :
» Une larme, Valcour, et tout est pardonné. »

Elle dit : d'une main par le trépas glacée,
Sa mère sur son cœur est tendrement pressée:
L'autre cherche son père, il approche et soudain,
Du vieillard malheureux, elle saisit la main ;
La porte avec effort à sa lèvre pâlie,
Et c'est là qu'un soupir exhale enfin sa vie.

SŒUR DÉSIRÉE

ET LA VIERGE MARIE,

Conte en vers.

SŒUR DÉSIRÉE

ET LA VIERGE MARIE,

Conte en vers.

A H ! par pitié, messieurs les beaux esprits !
N'attentez plus à la sainte Légende :
Et rendez-nous cette pieuse bande ,
Qui nous gardait un siége en paradis.
Chacun avait son protecteur en titre ,
Que l'Eternel admettait pour arbitre ;
Tel avait Paul , et tel avait Laurent ;
Telle sa vierge, et tel ses deux apôtres :
Chacun son cierge , et l'on était content :
Ils n'étaient pas jaloux les uns des autres.
Moi, pour ma part , j'avais Barthélemi ,
Qui me traitait moins en saint qu'en ami.
Je me disais : « Sitôt que la vieillesse
» Aura glacé mes coupables désirs,
» Je fais serment de quitter les plaisirs :
» Je pleurerai les torts de ma jeunesse:

» Barthélemi, qui, grâce à mon parain ,
» Pour mon salut chaudement s'intéresse ,
» M'honorera de son appui divin:
» Dieu m'ouvrira le séjour d'allégresse,
» Où je verrai son front de gloire empreint ;
» En attendant, allons voir ma maîtresse;
» Et je péchais sur la foi de mon saint. »

Mais de ces saints , dont la tendresse unie,
Nous prodigua tant de soins caressans ,
Qui, plus que toi, charitable Marie ,
A mérité nos vœux reconnaissans ?
Rien n'égalait ta facile indulgence.
Rien n'a borné ta gloire et ta puissance.
Qui t'appelait n'appelait pas en vain :
Il te trouvait à son heure dernière.
Fils de Luther, apprentif de Calvin ,
Tu sauvais tout à la moindre prière;
Et si Satan n'est point sauvé par toi,
S'il brûle encor dans sa sombre tanière ,
C'est que le monstre, incapable de foi ,
N'a jamais pu dire d'un cœur sincère :
« Vierge Marie ! ayez pitié de moi. »

J'ai , dès long-temps , célébré ta clémence ;
Et quand les droits sont trahis , disputés ,

Puis-je garder un coupable silence ?
L'honneur m'enchaîne à tes autels quittés ;
Il m'armera pour leur juste défense ;
Et dût cent fois, l'athéisme effronté,
Sourire encor à ma crédulité ;
Je veux chanter ta douce bienfaisance,
Ton grand crédit près de la Trinité ;
Et dans mes vers, pleins de ton influence,
Rétablissant ton culte respecté,
Transmettre enfin à la postérité,
Et ton pouvoir et ma reconnaissance.

Or, écoutez, dans un pieux silence,
Simples d'esprits ! malins, éloignez-vous !

Dans un moutier, non loin de Césarée,
Paisiblement vivait sœur Désirée.
En lui donnant le très-haut pour époux,
Le sort, dit-on, fut contraire à ses goûts.
Ses beaux yeux bleus, dans leur mourant langage,
Sans le savoir, disaient c'est bien dommage !
Et trop souvent, un soupir annonçait,
Que pour haïr son cœur n'était point fait.

Long-temps, ce cœur ignorant et fidèle,
De la nature étouffa les penchans :
Elle comptait deux fois douze printems ;

L'amour encor n'était qu'un mot pour elle ;
Mais parlons mieux : ce tendre sentiment,
Par un détour, arrivait à son ame :
Sans la connaître elle en sentait la flamme ;
Elle aimait Dieu comme on aime un amant.

Qui le chérit, doit honorer sa mère ;
Aussi, de cœur, notre aimable Tourière,
(Car, au Couvent, c'était là son emploi),
De l'*Angelus* récitait la prière,
Et maint *ave*, sûr garant de sa foi.

Sous les tilleuls, près de l'infirmerie,
Quelques jasmins composaient un bosquet ;
Dans ce bosquet, l'herbe douce et fleurie,
Formait un banc solitaire et discret :
Devant ce banc, l'image de Marie
N'échappait pas à l'œil le plus distrait.
Là, quelquefois, jusqu'aux pleurs attendrie,
Sœur Désirée à petits pas venait ;
Dans une douce et vague rêverie,
Elle priait, méditait, soupirait ;
Elle contait à l'image chérie
Crainte, chagrin, espérance, regret ;
Et si, par fois, la nature trahie

Faisait entendre un murmure secret,
Pour appaiser ce transport indiscret,
Elle embrassait les genoux de Marie.

Jours innocens ! vous avez peu duré.
O de l'amour, atteinte inévitable !
Il arriva le coup si redoutable ,
D'autant plus fort qu'il est plus différé.

Certain Abbé , bien joli , bien volage ,
Comme ils sont tous au printems de leur âge ,
Après avoir déposé l'encensoir,
Venait souvent badiner au parloir.
Le séducteur lorgnait sœur Désirée.
Sur le péril , un peu trop rassurée ,
La pauvre enfant le lorgnait à son tour ;
Et , par malheur , il était fait au tour.

D'abord , son cœur s'arma de résistance.
L'abbé parla...' qu'il avait d'éloquence !
Par quels tableaux de bonheur , de plaisir ,
Il excitait l'aiguillon du désir.
De ses liens , il prétend l'affranchir :
Il faut quitter ce séjour d'esclavage :
Elle est tourière ; un moment de courage....
Qui ferme tout , peut aussi tout ouvrir.

Un rapt ! ô ciel ! Petit Clerc de village !
Qui vous montra les lois du bel usage ?
Un sacrilège ! un Abbé de Paris,
Crossé , titré , mîtré , n'eût pas fait pis.

Que répondait pauvre sœur Désirée ?
Elle pleurait : interdite , égarée,
Elle voyait ; d'un côté , ses sermens ,
Son nom flétri d'un mépris légitime ,
Les feux tous prêts de l'éternel abyme ,
De longs remords et de plus longs tourmens ;
Puis à travers un déluge de larmes ,
Elle risquait un regard dérobé ,
Qui rencontrait le séduisant Abbé ,
Brûlant , brillant de jeunesse et de charmes.
Tremblante , alors , et d'amour et d'effroi ,
Elle priait , frappait son sein coupable ,
Et s'écriait d'une voix lamentable :
« O Vierge sainte ! accourez , sauvez-moi ! »

La Vierge , hélas ! fut sourde à sa prière.
Elle céda , ne pouvant plus mieux faire ;
Et , dès le soir , à l'Abbé décevant,
Elle promit de quitter le Couvent.

A la faveur de la nuit la plus sombre ,
Ses pas furtifs se glissèrent dans l'ombre

Elle arriva jusqu'au paisible lieu
Où de Marie étoit l'image sainte ;
Et là, son cœur, incapable de feinte,
Vint s'épancher dans un dernier adieu.

« Adieu, dit-elle, adieu chaste Marie !
» Tant que jai pu, j'ai dompté mes penchans :
» L'amour triomphe, et ses feux dévorans
» Ont pénétré les sources de ma vie.
» En vain l'esprit veut combattre les sens :
» Il faut céder à leur voix ennemie :
» Il faut aimer, ou mourir, je le sens.
» A tes genoux, ó Patrone chérie !
» Je mets ces clefs, gage de mon emploi.
» C'est un dépôt qui fut bien cher pour moi :
» J'en suis indigne, et je te le confie.
» L'Abbé m'attend... Ah ! fais, je t'en supplie,
» Qu'à tout jamais il me garde sa foi.
» Tu dois, sur-tout, haïr la perfidie ;
» Pour le fixer, je m'en rapporte à toi :
» Adieu, je cours me ranger sous sa loi.
» Qu'il soit fidèle, et je me sacrifie. »

Avec l'Abbé, la voilà donc partie ;
Et tous les deux, en un pays lointain,
Vont resserrer la chaîne qui les lie.

D'abord l'amour embellit leur destin ;
Et le fripon fit à Sœur Désirée,
Bénir sa voix, qui l'avait inspirée.

Ce cher Abbé ! qu'il était prévenant !
Quels soins, quel feu, quels transports, quelle ivresse !
Matin et soir, auprès de sa maîtresse,
Comme il était tendre, joyeux, ardent !
Ce cher Abbé ! qu'il eût été charmant,
S'il avait pu rester trois mois constant.

L'Abbé partit avec une autre belle.
En l'apprenant, la pauvre tourterelle,
Par mille cris, invoqua le trépas :
Heureusement, la mort n'entendit pas.
Elle voulait pleurer toute sa vie,
Se repentir, mourir en sainte.... Hélas !
Dans ce bas monde, où tout nous contrarie,
Peut-on mourir au gré de son envie ?
Il est tout plein d'enfans de Belzébut,
Qui vont guettant le désespoir des filles,
Séchant leurs pleurs lorsqu'elles sont gentilles,
Et détruisant l'œuvre de leur salut.
Sœur Désirée en trouva par douzaine :
Elle choisit. Mais le consolateur
Fut inconstant. A ce nouveau malheur,
Nouveau remède, et puis nouvelle peine,

Et de plaisirs en tribulations,
Et de douleurs en consolations,
Elle atteignit l'époque détestée,
Où du miroir, la glace consultée,
Lui répondit : « Il n'est plus tems d'aimer. »

Sœur Désirée, au printems de sa vie,
Jamais, par l'or ne se laissa charmer :
Elle pécha ; mais au moins sa folie,
Par l'intérêt ne fut point avilie :
Pauvre elle était, et pauvre elle resta.
Qu'en advint-il ? Quand l'amour la quitta,
De ville en ville, errante, abandonnée,
Sans protecteur, sans abri, sans secours,
Elle traîna sa triste destinée,
Faible et souffrante au déclin de ses jours.

Poussée, enfin, de contrée en contrée,
Elle revit les murs de Césarée ;
Elle revit son paisible Couvent.
De la Tourière elle approche en tremblant ;
Puis, d'une main se couvrant le visage,
Elle tend l'autre et réclame, en pleurant,
Des malheureux le précaire héritage,
Le pain sordide et le maigre potage,
Que chaque jour on donne à l'indigent.

« Entrez, entrez, lui répond la Tourière ;
» Vous n'êtes point en ces lieux étrangère,
» Sœur Désiree ! approchez sans effroi ;
» Levez les yeux, et reconnaissez-moi :
» Je suis Marie. Au jour de votre fuite,
» J'ai bien voulu, par l'amitié conduite,
» Prendre votre air, vos habits, votre voix ;
» Pendant vingt ans, j'ai rempli vos emplois :
» De vos erreurs, seule je fus instruite.
» Ce monde vain, qui vous avait séduite,
» Nous a trop tôt vengés de votre choix.
» Souvenez-vous, quand il vous abandonne,
» Que je vous plains, et que je vous pardonne.
» Voici vos clefs, commises à ma foi :
» Je vous les rends. Ces habits honorables,
» Revêtez-les ; ces haillons misérables,
» Qu'ils soient détruits. Reprenez votre emploi :
» Et toute entière à mon fils, à sa loi,
» Repentez-vous, et sur-tout aimez-moi. »

Ayant parlé, la divine Tourière,
Remonte aux cieux, dans un char de lumière.

Sœur Désirée, après ces accidens,
Vécut, dit-on, fort sage... Il était tems.

Or, donc, pesant ces bontés infinies,
Gens indévots ! examinez combien
Un peu de foi nous fait souvent de bien.
Si vous pouvez, ne soyez plus impies :
Dites *Avé* : fréquentez le saint lieu :
Au demeurant, menez joyeuse vie,
Péchez beaucoup, repentez-vous un peu,
Et fiez-vous à la Vierge Marie.

De l'Imprimerie de PORTHMANN, successeur du
cit. Desenne, rue neuve des Petits-Champs,
maison LÉDA, n°. 25.

ur. Comment un simple matelot, un homme
duit à vivre de son travail, pouvoit-il être
ssi desintéressé, lorsqu'il pouvoit légitime-
ent se mettre à l'abri du besoin. Trois jours
près nous quittâmes ce lieu, qui étoit devenu
dieux à ma fille, depuis son accident, & nous
vînmes à Nantes, où tous les plaisirs qu'on
empressoit de nous donner, ne purent nous
rêter plus d'un mois. Je passai le reste de l'été
ma terre de Montillon, qui étoit le lieu où je
e plaisois le plus.

Lucinde changea par dégré d'humeur. Elle
evint triste, mélancholique, fuyoit la com-
agnie, & se retiroit des journées entières, ou
ans sa chambre, ou dans les lieux les plus
olitaires du parc, & principalement du laby-
nthe. Cette conduite me surprit d'autant plus,
ue je ne lui connoissois aucun sujet de cha-
rin. Je la pressai vainement à différentes re-
rises de m'ouvrir son cœur, elle me répon-
oit toujours qu'elle n'avoit ni maladie ni in-
uiétude, qu'elle-même ne pouvoit dire au
uste, ce qui l'oppressoit, mais qu'elle pouvoit
m'assurer, que dès qu'elle seroit plus instruite,
le m'en feroit part. Je pris le parti de l'abandonner à elle-même, attendant le reste du
tems. De retour à Paris, je repris mon train

www.ingramcontent.com/pod-product-compliance
Lightning Source LLC
LaVergne TN
LVHW012227170726
843503LV00005B/2313